Shadi Rassiane

Lost

AF220962

Shadi Rassiane

LOST

Bibliografische Information der Deutschen
Nationalbibliothek:
Die Deutsche Nationalbibliothek verzeichnet diese
Publikation in der Deutschen Nationalbibliografie;
detaillierte bibliografische Daten sind im Internet über
http://dnb.dnb.de abrufbar.

Herstellung und Verlag: BoD – Books on Demand,
Norderstedt

ISBN: 978-3-751-98449-2

Für meine geliebten Eltern

Weil Ihr immer an mich geglaubt habt, selbst wenn ich es nicht tat.

VORWORT

Warum dieses Buch? Die Gründe liegen auf der Hand. Wenn Dean Scamander und Ben Norwood sich nicht durch Zufall über den Weg gelaufen wären, hätte Ben diesen Bericht eines Tages wohl alleine verfasst. Seitdem Ben überlebte und zurückgekehrt ist, wollte er seine Geschichte erzählen, diese schmerzliche und zugleich atemberaubende Vergangenheit festhalten, die ihn noch immer quälte. Doch warum gemeinsam? Auch das liegt auf der Hand und eine zufällige Begegnung genügte. Wobei das Schicksal nachgeholfen hat, damit Ben endlich den Mut fand und sich öffnete und damit Dean seine Pläne über den Haufen warf, um ihm zu helfen und um seine Geschichte niederzuschreiben. Angefangen hatte alles im Februar 2005. In diesem Jahr hat Dean Ben das erste Mal getroffen. Auf Einladung des Verlegers Owen Rockefeller war Dean nach Phoenix, Arizona gereist, um an einem, wie es hieß, „ungezwungenen Austausch mit Intellektuellen" teilzunehmen. Nie zuvor hatte sich Dean als Intellektueller wahrgenommen. Er hatte BWL studiert und ist Unternehmer geworden, war also eher das Gegenteil. Doch er hatte zwei Romane veröffentlicht und das genügte offenbar. Am Tisch saß Ben Norwood. Dean wurde ihm vorgestellt. Dean dachte kurz nach und stellte fest, dass er ihn irgendwoher kannte, er erinnerte sich daran, vor einiger Zeit einen Bericht in der New York Times gelesen zu haben, in dem stand, dass Ben Norwood in seiner Jugend nach einem Flugzeugattentat 35 Tage lang im Amazonas überlebt hatte, das war für Dean schwer zu glauben. Dean wollte mehr über Ben wissen, doch ihn auszufragen wäre schamlos gewesen. Sie unterhielten sich einige Zeit lang über Bens Hang zur Philosophie. Dean war allerdings überhaupt nicht bei der Sache, er fragte sich währenddessen andauernd, wie Ben es schaffte, sein Leben normal weiterzuführen, wenn er doch mehr als einen Monat von der Welt abgeschottet gewesen war. Nach vier Stunden war der Austausch vorbei und beim Abschied tauschten Dean und Ben ihre Telefonnummern aus. Als Dean zurück in Texas einige Wochen später an der Fertigstellung eines Erzählbandes in seinem Büro saß, dachte er an Ben, er wollte sich mit ihm treffen, um mit ihm über jenes Ereignis aus Bens Jugend zu reden. Dean rief bei Ben an und schlug ihm ein Treffen für die Zeit unmittelbar nach der Manuskriptabgabe vor, da er noch ein paar Arbeitswochen vor sich hatte. Ben erklärte sich daraufhin ohne eine Spur von Zurückhaltung einverstanden. An den Folgetagen dachte Dean ständig an das Treffen mit Ben. Dean versuchte sich in seine Lage zu versetzen oder sich etwas so Unglaubliches wenigstens einmal vorzustellen. Dean war von diesem ungewöhnlichen Schicksal und den Leiden, die Ben hatte hinnehmen müssen, erschüttert und dutzende Fragen verfolgten ihn. „Was hat er alles durchgemacht?" und „Wie ist ihm heutzutage zumute?" Als Dean endlich sein Manuskript fertig gestellt hatte, rief er Ben an und lud ihn zum Mittagessen ein. Sie aßen in einem edlen Fischrestaurant in Dallas, Deans Heimatstadt. Dean war zuerst dort und hatte es sich mit einem Gin Tonic gemütlich gemacht, weil er wusste, dass Ben zu spät kommen würde. Nach ungefähr 15 Minuten erschien er in Lederschuhen, Jeans und einem gestreiften Anzughemd. Ben ist ungefähr 1,85 Meter groß. Doch jeder, der ihn kennt, sagt, er wirke deutlich größer. Er hat ziemlich breite Schultern und ist gedrungen. Man könnte meinen, er würde seine imposante Erscheinung nutzen, um einen Alphamännchen-Auftritt hinzulegen, wenn er einen Raum betritt. Doch er kam ganz anders. Fast schon schüchtern. Den Kopf leicht gesenkt, ein kurzer Händedruck und ein schüchternes Hallo zur Begrüßung. Nachdem sich Ben auf den Stuhl gesetzt hatte, brauchte er ein paar Minuten, bis er entspannt wirkte. Ben machte Dean von vornherein klar, dass er das Buch vor der Veröffentlichung gerne lesen würde und Fußnoten darunter machen wollte. An Deans Text wollte er nichts verändern, doch er wollte die Möglichkeit haben, Passagen zu korrigieren, die er für sachlich falsch hielt. Dean verstand Bens Motivation, er wollte eine gewisse Kontrolle über die Geschichte seines Lebens haben. Als der Kellner die Bestellung aufnahm, entschied sich Ben für Lobster in Tintenfischsoße. Dean entschied sich für Steak. Nachdem sich Ben und Dean zu Beginn über alles Mögliche unterhalten hatten, begann Ben endlich über jenes Ereignis aus seiner Jugend zu erzählen. Fasziniert hörte Dean zu. Ben hatte wirklich eine unvergleichbare Art zu erzählen. Langsam zu sprechen und mit den Bewegungen seiner Hände das Gesagte hervorzuheben. Man könnte ihm wirklich gut zu zuhören. Obgleich sie so vieles trennt: Ihre Erziehung, die Ausbildung, die Kinder, der Beruf, die Heimat, der Charakter, bis hin zur Religion. Ben ist Christ – Dean ist Jude und doch gehören sie derselben Generation an, empfanden dieselbe Sympathie, denselben Humor und denselben Blick auf die Menschen. Die Freundschaft, die sie

einander entgegen brachten und die weiterhin
wächst, bestätigte die Intuition, die sie beim ersten
Treffen hatten. Sie wollten das Buch also
zusammen machen und Ben offenbarte Dean, was
er niemandem zuvor erzählt hatte.

EINS

Viele Menschen wundern sich, wie ich es schaffe, noch immer in Flugzeuge zu steigen. Ich schaffe es nur durch Willenskraft und Disziplin. Denn ich gehöre zu den wenigen, die ein Flugzeugattentat überlebt haben. Dieses tragische Ereignis hat sich 7000 Meter über dem kolumbianischen Regenwald abgespielt. Damals, als ich vom Himmel fiel, war ich gerade mal 15 Jahre alt. Heute bin ich 43, ein gutes Alter, um sich zu erinnern. Ein guter Zeitpunkt, um sich alten Erinnerungen zu stellen, die nach all den Jahren noch immer genauso frisch und lebendig sind, und diese mit anderen Menschen zu teilen. Das Attentat, das meine beiden Freunde und ich als einzige Passagiere der Maschine überlebt haben, hat mein weiteres Leben geprägt, ihm eine neue Richtung gegeben und mich dahin geführt, wo ich heute bin. Damals waren die Zeitungen in aller Welt voll mit meinen Berichten. Darunter waren aber auch einige Halbwahrheiten und Berichte, die mit der wahren Begebenheit wenig oder gar nichts zu tun hatten. Diese vielen

Zeitungsberichte von mir sorgten dafür, dass mich ständig Leute aufgrund des Absturzes ansprachen. Irgendwie scheint jeder meine Geschichte zu kennen und doch hat kaum jemand Ahnung davon, was wirklich geschah. Ich war einen Tag vor dem Absturz mit meiner Fußballmannschaft in San Juan, meiner Heimatstadt, ins Flugzeug gestiegen, mit dem Ziel Bogotá in Kolumbien. Die Boeing 737 der kolumbianischen Fluggesellschaft Copa Airlines sollte mich und meine Fußballmannschaft zu einem Auswärtsspiel gegen den kolumbianischen Spitzenclub Santa Fe bringen, aber die Maschine hat ihr Ziel nie erreicht, sondern wurde über kolumbianischen Regenwald fern jeglicher Zivilisation in die Luft gesprengt. Nichts, rein gar nichts deutete darauf hin, dass an diesem Tag etwas Schlechtes passieren würde. An Bord waren 120 Personen, darunter acht Besatzungsmitglieder: Pilot, Copilot, Flugingenieur und fünf Stewardessen. Der Kapitän des Flugzeuges war Bradley Charles Morgan, ein erfahrener Pilot, der ehemals bei der britischen Luftwaffe bedienstet gewesen war. Bradley Morgan hatte bereits 5000 Flugstunden hinter sich, was nach heutigen Standards zwar nicht viel war, allerdings war er absolut qualifiziert dazu gewesen, das Flugzeug ohne Probleme zu landen, und das hätte er vermutlich auch getan. Das Flugzeug flog trotz des Unwetters die meiste Zeit ruhig. Doch gegen Abend verlor die Boeing 737 durch eine Bombenexplosion ihr Heck. Alle Insassen außer mir und zwei meiner Mannschaftskameraden kamen dabei ums Leben, inklusive des Selbstmordattentäters selbst. Viele Passagiere waren Mannschaftskameraden von mir. Im Flugzeug waren aber auch einige Freunde und Angehörige vom Team. Darunter auch meine Mutter Isabella und meine jüngeren Brüder Carlos und Luis, die eine Reihe neben mir im Mittelgang saßen. Eigentlich war vorausgesehen, nonstop nach Bogotá zu fliegen und dann am nächsten Tag gegen Santa Fe anzutreten. Eine Strecke von etwa drei Stunden. Doch wegen der ungünstigen Wetterlagen war der Pilot gezwungen, auf halber Strecke eine Zwischenlandung in der Nähe von Caracas in Venezuela einzulegen. Mir war während des gesamten Fluges nicht besonders wohl. Der plötzliche Wetterumschwung hatte mich ein wenig beunruhigt. Obwohl ich vorher schon öfter mit dem Flugzeug gereist war und wusste, dass solche Turbulenzen nichts Ungewöhnliches waren. Während wir flogen, ertönte plötzlich eine Durchsage des Kapitäns: „Geehrte Fluggäste, darf ich kurz um Ihre Aufmerksamkeit bitten. Die Stärke der aufgezogenen Unwetterfront hat eine geringfügige Kurskorrektur notwendig gemacht. Um Abweichungen durch technische Turbulenzen zu vermeiden, befinden wir uns nun im Sinkflug, um in Caracas notzulanden. Da bis zum Verlassen der Gewitterzone jedoch weitere Turbulenzen nicht auszuschließen sind, möchte ich Sie bitten, sich anzuschnallen, den Gurt festzuziehen und darauf zu achten, dass Ihr Handgepäck sicher verstaut ist. Vielen Dank."

„Wir werden abstürzen!", rief Angel.

„Bloß keine Unruhe. Der Pilot sagte doch, dass er alles im Griff hat und wir bald aus diesem Gewitter raus sind", sagte ich, doch eigentlich war auch ich ein wenig beunruhigt.

„Hoffentlich", sagte Pablo mit zittriger Stimme und zog seinen Anschnallgurt fest.

„Na ja, was soll er denn sonst auch sagen? ‚Ich möchte Sie bitten, sich anzuschnallen. Alles, was jetzt kommt, wird ein reines Glücksspiel.' Oder was?", fuhr mich Angel an.

„Ach, sei doch still. Ich hab jetzt schon Herzrasen.

„Ach seht doch mal da draußen!", rief Pablo „Wir haben die Wolken hinter uns gelassen. Man kann die Stadt sehen."

Tatsächlich, Pablo hatte recht. Man konnte die winzig kleinen Häuser von Caracas sehen. Es wurde langsam ruhiger. Das Flugzeug setzte endlich auf, rollte über die Landebahn und kam schließlich zum Stillstand. Nachdem sich die

Insassen teils mehr teils weniger von diesem kleinen Schock erholt hatten, stiegen sie nacheinander aus.

„Puh, ich dachte schon, mein letztes Stündchen hätte geschlagen", sagte Angel. „Senõr, das war wirklich eine großartige Leistung", sagte er zum Käpt'n.

„Schon gut", erwiderte dieser. „Ich hatte ja schließlich den besten Copiloten der westlichen Hemisphäre an meiner Seite."

„Danke, Brady", sagte der Copilot und lachte.

Wir waren nun also gezwungen, die Nacht in Caracas zu verbringen. Eigentlich hatte niemand von uns Lust, dort zu bleiben und unnötig Zeit zu verlieren, doch die Stadt erwies sich als ganz hübsch. So versuchten wir, das Beste aus unserem Aufenthalt dort zu machen. Ein paar von uns Jungs setzten sich in Cafés an den Boulevards, während sich andere auf eine Besichtigungstour in der Altstadt machten. Ich beschloss, mich einer Gruppe anzuschließen, die am Nachmittag zu einem Fußballspiel in Colonia Tovar fuhr. Abends gingen wir gemeinsam ins Kino und sahen uns einen amerikanischen Film an. Im Kino roch es nach altem, muffigem Teppichbelag. Die Seideschichten des Vorhangs schimmerten rosa, blau und grün. Bei der kleinsten Bewegung schienen sich die Farben zu vermischen. Für gewöhnlich genoss ich die Wartezeit vor der Abendvorstellung. Die Lichter sind noch an und alle albern herum, bis der Film anfängt. Deswegen kamen wir auch etwas früher. Dann erloschen endlich die Lichter und die Vorstellung begann. Ich lehnte mich zurück, stopfte mir den Mund voll mit Nachos und überließ mich voll und ganz dem Film. Meine Mutter und meine Brüder erkundeten in der Zeit die Geschäfte und kauften Geschenke und Souvenirs für unsere Familie in Puerto Rico. Meine Mutter freute sich besonders, als sie in einer kleinen Boutique ein Paar rote Babyschuhe fand, denn die waren das ideale Mitbringsel für die neugeborene Tochter meiner Tante Camila. Am nächsten Morgen schliefen die meisten von uns lange, wir übernachten in einem Motel in der Nähe des Flughafens. Wir alle wollten so schnell wie möglich weg, noch immer gewitterte es heftig und am Flughafen konnten keine Flugzeuge starten. Gegen Abend jedoch erhielten wir die Nachricht, uns um 13 Uhr am Flughafen einzufinden. Der Pilot und sein Copilot waren sich noch nicht sicher, ob die Boeing wieder starten sollte. Die beiden standen vor einer schwierigen Entscheidung. Während die Piloten hin und her überlegten, wuchs unsere Ungeduld. Wir waren voller Tatendrang und ärgerten uns darüber, dass unsere kleine Reise wegen der vermeintlichen Furcht der Piloten ins Wasser fallen würde. In den Wetterberichten wurde vor Turbulenzen auf unserer Flugroute gewarnt. Doch der Pilot Bradley Morgan hatte mit dem Piloten einer Frachtmaschine gesprochen, die kurz zuvor aus Bogotá eingetroffen war, und war recht zuversichtlich, dass die Boeing das schlechte Wetter gefahrlos überfliegen würde. Der Flug nach Bogotá sollte also fortgesetzt werden. So stiegen wir mit gemischten Gefühlen ins Flugzeug ein. Ich war einerseits froh, endlich Caracas verlassen zu können und nach Kolumbien zu fliegen, um gegen Santa Fe zu spielen. Wir hatten schließlich schon einen Tag unserer Kolumbienreise geopfert. Andererseits hatte ich ein mulmiges Gefühl wegen dem Gewitter, das inzwischen deutlich nachgelassen hatte, aber immer noch nicht aufgehört hatte. Trotz der schlechten Flugbedingungen nahm die Maschine Kurs auf Bogotá. Um 14:25 Uhr Ortszeit hob die Boeing vom Flughafen Caracas ab. Anfangs schien alles gut. Wir saßen im Flugzeug, nachdem der Pilot die Starterlaubnis vom Tower bekommen hatte, rollte das Flugzeug an, hob ab und wir stiegen auf und tauchten tief ein in das dichte Wolkenmeer am Himmel über Caracas.

ZWEI

Bis halb acht, als die Dämmerung allmählich das Blau aus dem Spätfrühlingshimmel saugte, rollte Gustavo Salamanca mit seinem Eiswagen durch das Labyrinth der Straßen in Old San Juan. Seine ersten Kunden, die zwischen drei und sechs Uhr kamen, waren rucksacktragende Schulkinder, die mit zerknüllten Dollarscheinen herumfuchtelten. Manche der Kinder bedankten sich, als Gustavo ihnen die Eiswaffel in die Hand drückte, doch die meisten machten sich überhaupt gar keine Mühe und sahen ihn nicht mal an. Sie waren zu sehr damit beschäftigt, mit ihren Freunden herumzualbern. Doch das war Gustavo schnuppe. Er wollte gar nicht, dass man ihn ansah, er hasste nämlich Kinder. Er hasste die ganze verdammte Welt. Für diese Kinder war er nur ein Zuckerdealer in weißer Uniform, der Eiscreme verteilte. Von sechs bis sieben war fast nichts los, weil die Kinder zum Abendessen in ihren Häusern verschwanden. In der letzten halben Stunde belebte sich das Geschäft wieder. Denn jetzt kamen die Kinder nicht nur alleine, sondern auch mit den Eltern zu Gustavos bimmelndem Wagen, um sich Eiscremebecher zu besorgen. Von Zeit zu Zeit hatte sich Gus bereits oft gefragt, wie schwer es wohl wäre, eine ganze Wagenladung Eis zu vergiften. Er ist sogar so weit gegangen, darüber im Internet zu recherchieren. Bei seiner letzten Runde mit dem Eiswagen fuhr Gustavo an der Celle San Miguel vorbei. „Hier bitte", sagte Gustavo, während er einem blonden Jungen ein Eis übereichte und sich vorstellte, dass es mit Rizin oder Arsen gewürzt war. Für Gustavo war es eine tolle Vorstellung. Pfeifend machte sich Gus auf den Rückweg zu Giovannis Eiscremefabrik, um den Wagen abzustellen. Er schlüpfte in seine eigenen Klamotten und machte sich auf den Nachhauseweg zu seiner Mutter. Auf dem Heimweg hatte Gus bereits bei Domino's Pizza angerufen, um eine kleine Ausführung mit Peperoni und Champignons zu bestellen. Als Gus die Haustür aufschloss, wurde er vom Gegacker des Fernsehers begrüßt. Das Licht im Wohnzimmer war ausgeschaltet. Gustavos Mutter Maria Salamanca lag auf der Couch und war eingeschlafen. Sie schnarchte. Auf dem Couchtisch standen mehrere Flaschen Schnaps und Wodka. Gus Mutter war starke Alkoholikerin. Gus Vater war gestorben, als er acht war. Gustavo schaltete den Fernseher aus. Er regte sich jedes Mal furchtbar über diese billigen TV-Shows auf und versuchte seiner Mutter jedes Mal zu erklären, dass das alles nur gestellt war, reine Show. Sie sagte immer, ja, okay, das weiß ich, aber trotzdem verpasste sie diese Sendungen nie. In den ersten Jahren ihrer Ehe hatte Maria nicht mehr als ein Glas Wein zum Abendessen getrunken. Wieso sollte sie sich betrinken, wenn das Leben auch nüchtern gut war? Sie hatte einen Mann, sie hatte ein Haus im Norden der Stadt – nicht gerade ein Palast, aber welches erste Eigenheim war das schon? – und sie hatte einen Sohn. Zu der Zeit, als seine Mutter Witwe wurde, war Gus acht. Sein Vater Sergio Salamanca war Leitungsmonteur für die Stromversorgung auf Puerto Rico gewesen. Eines Tages an der Calle Palos Grandes starb er. Vielleicht war er an jenem Tag so in Gedanken versunken, dass er nicht mehr darauf achtete, was er tat, vielleicht verlor er auch einfach nur das Gleichgewicht und griff in die falsche Richtung, um sich festzuhalten. Was auch immer der Grund war, das Ergebnis endete tödlich. Es waren Fünfzehntausend Volt, die durch Sergios Körper strömten. Sein Kollege hob gerade noch rechtzeitig den Kopf, um zu sehen, wie Gus von der Leiter fünf Meter tief zu Boden stürzte. Seine rechte Hand war regelrecht geschmolzen. Der Ärmel seines Overalls hatte Feuer gefangen. Die Firma von Sergio Salamana zahlte Maria 50 000 Dollar Schmerzensgeld. Für Maria war es ein riesiger Haufen Geld. Sie kaufte damit einen neuen Wagen und beglich die Hypotheken vom Haus. Als Maria Sergio kennenlernte, arbeitete sie als Friseurin. Nach seinem Tod nahm sie die Tätigkeit wieder auf. Maria lernte einen neuen Mann kennen. Gus mochte ihn nicht. Er fuhr ihm immer durch die Haare und nannte ihn „Champ". Auch wenn er ihn nicht mochte, hatte Gus sich das nicht anmerken lassen. Er hatte bereits gelernt, seine Gefühle für sich zu behalten. Manchmal hoffte Gus, dass der Mann bei einem Autounfall ums Leben kam. Natürlich nur wenn seine Mutter nicht dabei war. Dieser komische Typ hatte kein Recht, den Platz seines Vaters einzunehmen. Eines Abends führte der Mann Maria zum Essen aus. Seine Mutter war fröhlich und hatte sich schön gemacht. Bald würde die Babysitterin kommen. Die Babysitterin war dick und verfressen. Sobald Gus Mutter aus dem Haus ging, schaute sie immer direkt in den Kühlschrank, um zu gucken, ob was Gutes zu futtern da war. Als die dicke Babysitterin auftauchte, sagte Gus: „Im Kühlschrank ist Vanilla-Crunch-Eiscreme, nimm dir, so viel du willst." Gus saß auf dem Sofa und schaute fern. Er fand einen Film von einem irren Typen, der Kinder kidnappte. Er war ziemlich spannend. Um elf Uhr kam seine Mutter endlich nach Hause. Die dicke Babysitterin hatte Gus gezwungen, ins Bett zu gehen, doch er war nicht eingeschlafen. Er war im Pyjama und ging die Treppen hinunter. Seine Mutter nahm ihn in die Arme und drückte ihn an sich. Sie hatte Tränen in den Augen. „Warum weinst du, Mama?", fragte er sie.

„Hector hat sich an einem Stück Fleisch verschluckt. Er ist im Krankenhaus."

Hector war der Freund von Gus Mutter.

„Oh nein! Wie geht's ihm?", fragte die dicke Babysitterin und tat so, als wäre sie total besorgt. Das wusste Gus, weil er selbst kein bisschen besorgt war. Weshalb sollte es dann die Babysitterin sein?

„Er wird wieder gesund", sagte Maria.

Als die dicke Babysitterin gegangen war, heulte sie los wie verrückt. Sie holte Wein aus dem Kühlschrank. Doch statt sich ein Glas einzuschenken, trank sie direkt aus der Flasche.

„Vielleicht wird er doch nicht wieder gesund", sagte sie zu Gus, während sie sich Tränen aus dem Gesicht wischte.

„Er liegt im Koma, weißt du, was das ist?"

„Ja", sagte Gus. „Wie in den Arztserien."

„Genau", sagte Maria und ging auf die Knie und sah ihm in die Augen. Gus roch das Parfum, das seine Mutter für das ziemlich kurze Date aufgetragen hatte. Ihr Make-up war von den Tränen verschmiert. „Hector hat lange nicht geatmet, bevor er künstlich beatmet wurde. Der Arzt hat gesagt, falls er aus dem Koma wieder erwachen sollte, hätte er womöglich einen Hirnschaden."

Nach Gus Meinung hatte Hector ohnehin schon einen Hirnschaden. Einige Tage später starb Hector. Maria arbeitete nur noch halbtags als Friseurin und lebte hauptsächlich von ihren Ersparnissen. Allmählich trank sie immer mehr. Wobei sie von Wein zu Wodka wechselte. Den bezeichnete sie als bessere Betäubungsmethode. Manchmal, vor allem dann wenn sie betrunken war, beschwerte sich Maria Salamanca über das Desaster, zu dem ihr Leben geworden war. „Ich kriege keinerlei Unterstützung, nicht von der Stadt, nicht vom Staat und nicht von sonst wem! Interessiert sich irgendjemand dafür, dass unser Geld immer weniger wird und nichts rein kommt? Nein, wenn das Geld weg ist und wir im Obdachlosen-Asyl hausen. Dann vielleicht. Ist das nicht lustig?"

Manchmal hasste Gus die ganze verfluche Welt. Wenn es einen Gott gab, wie diese komischen Typen sonntags in der Kirche immer behaupteten, warum half er ihnen dann nicht? Damit er und seine Mutter nicht auf der Straße oder in einem dieser Obdachlosenheime, wo es laut Gus Mutter nur Drogensüchtige gab, landeten. Nein, für Gus gab es keinen Gott. Ganz sicher nicht. Um das zu erkennen, musste man nur sehen, wie schlecht es ihm und seiner Mutter ging. Gus Mutter trank massenhaft Alkohol. So viel, dass sie ihre Stelle irgendwann wieder verlor. Doch das war okay. Gus war mittlerweile alt genug, um selbständig zu arbeiten. Als Gus aus diesen Erinnerungen auftauchte, seiner Träumereise so tief wie bei einer Hypnose, sah er auf seinem Schoß die Peperoni-Pizza, die inzwischen kalt war. Er nahm die Pizza und ging in den Keller. Zurück in seinem geräumigen, unterirdischen Arbeitszimmer schaltete Gus seine drei Bildschirme an. Er hatte drei Laptops nebeneinander angeordnet, deren dunkle Bildschirme aufgeklappt waren. Gus verbrachte viel Zeit in seinem Arbeitszimmer und heckte immer wieder neue Sachen aus. Gus hatte zum Beispiel einen Staubsauger entworfen, der aussah wie ein Hocker mit Rollen unten dran. Der Staubsauger hatte einen Motor und einen an der Unterseite befestigten Schlauch. Mithilfe eines Programms sollte diese Apparatur im Zimmer umherfahren und Staub saugen. Außerdem hatte Gus eine modifizierte Fernbedienung gebaut, mit der es ihm möglich war, eine Verkehrsampel mit einem Tastendruck beliebig umzuschalten. Gus war beeindruckt von seiner Erfindung und hatte sie an einer Kreuzung In der Nähe der Iglesia San Juan getestet. Er hatte seinen braunen Honda Covic 1997 am Straßenrand geparkt und es getestet. Nach einigen Beinahe-Zusammenstößen kam es endlich zu einem richtigen Crash. Es war lustig, den beiden Männern beim Streit darüber, wessen Schuld es war, zuzusehen. Gus arbeitete momentan an einer Selbstmordweste. In der obersten Schreibtischschublade befanden sich rund zwei Kilo selbstgemachter Plastiksprengstoff. Eine Probe davon hatte Gus bereits in einer Grube auf dem Land getestet und das Zeug funktionierte hervorragend. In einer anderen Schublade befanden sich in einem Schuhkarton mehrere Handys. Es waren jene von der billigen Sorte, die von den Drogendealern drüben in Muñoz Riverea so geschätzt wurden, da man sie einfach wegwerfen konnte. Diese Billighandys, die man leicht in Drogerien oder Supermärkten erwerben konnte, waren Gus Projekt für heute Abend. Gus Plan war es, die Handys so zu modifizieren, dass sie mit einem einzigen Anruf bei einer bestimmten Rufnummer gemeinsam klingeln und die nötigen Zündfunken zu erzeugen würden, um den Sprengstoff in der Weste in die Luft gehen zu lassen. Als er gerade eines der Handys ergreifen wollte, hielt er kurz inne, er sah seine Holzfällerweste auf einem Regalbrett. Gus war sich zwar noch nicht sicher, ob er das wirklich tun würde, aber ein Teil von ihm wollte das unbedingt. Er plante etwas Großes. Wenn er tatsächlich in den Wald gehen wollen würde, würde M völlig ausreichen, doch die Weste war in XL, denn die Weste enthielt zwei Blöcke Sprengstoff in den Außentaschen. Gus hatte das Futter aufgeschlitzt, um Stahlkugeln in die Weste zu tun. Er hatte keine Lust, die Weste zuzunähen, und hatte die aufgeschlitzten Stellen einfach mit Isolierband zugeklebt. „Meine eigene Selbstmordweste", dachte er liebevoll. „Ich werde sie nicht verwenden, glaube ich", dachte Gus und kratzte sich am Hinterkopf. Aber irgendwie fand er die Vorstellung schon interessant. Er würde einfach allem ein Ende bereiten und dabei noch viele Menschen mit in den Tod reißen. Er stellte sich vor, es in einem Flugzeug zu tun …

DREI

Ich atmete tief durch, über mir erlosch das Anschnallzeichen. Ich konnte meinen Gurt lösen. Wir waren kurz hinter Venezuela und das Flugzeug hatte seine reguläre Flughöhe erreicht. Während des Steigfluges legte sich die Maschine in eine steile Rechtskurve und wenig später flogen wir in Richtung Süden. Zu unserer Rechten erstreckte sich der südamerikanische Regenwald bis hin zum Horizont. Ich starrte durchs Fenster auf die grüne Landschaft. Zwei Stunden lagen nun noch vor uns, zwei Stunden höchster Anspannung. Wir hatten den Atlantik hinter uns gelassen und flogen nun übers Festland. Die Leute um uns herum lachten und redeten. Andauernd liefen Passagiere den Mittelgang auf und ab. Ich schaute durch das Fenster. Regenwald, überall, so weit das Auge reichte. Der Urwald wirkte so düster und majestätisch, dass schon der Anblick mein Herz rasen lies. Ich hatte so etwas noch nie zuvor gesehen. Die Landschaft auf Puerto Rico bestand aus Bergen und Wasserfällen und nur wenigen Regenwaldflächen, so beschränkten sich meine Kenntnisse über den kolumbianischen Regenwald oder den Regenwald im Allgemeinen nur auf das, was ich in Büchern gelesen hatte. Meinen Freunden im Flugzeug erging es nicht anders. Wir hatten in der Schule gelernt, dass der Amazonas-Regenwald in Südamerika der größte der Welt war und sechs Millionen Quadratkilometer über neun Länder umfasste. Ich hatte zudem gehört, dass der Amazonas-Regenwald als geologisches Wunder bezeichnet wurde. Beim Blick aus dem Flugzeugfenster wusste ich ganz instinktiv, was damit gemeint war. Nach Norden, Süden und Westen erstreckten sich die grünen Baumkronen, so weit das Auge reichte. Während ich aus dem Fenster schaute, fiel mir plötzlich ein weißer Nebelschleier über der grünen Waldlandschaft auf. Dann spürte ich eine Hand auf meiner linken Schulter. "Ben, lass uns die Plätze tauschen, ich will den Dschungel sehen." Ich drehte mich um und sah meinen Freund Angel, der links von mir beim Gang saß. Ich nickte und erhob mich von meinem Sitz, ich drängte mich an ihm vorbei und setzte mich auf den Gangplatz, während sich Angel auf dem Fensterplatz niederließ und durch das Fenster hinunter auf die grüne Landschaft schaute. Alle um uns herum lachten und redeten, die Leute wechselten von einem Sitz zum anderen, setzten sich neben ihre Freunde und gingen den

Mittelgang auf und ab. Einige Freunde von mir, darunter auch Panchito und José, spielen im hinteren Teil des Flugzeugs Karten. Unsere Mannschaft Atlético de San Juan war eine der besten auf ganz Puerto Rico. Wir nahmen unsere regelmäßigen Wettkämpfe sehr ernst. In Kolumbien sollten wir lediglich ein Freundschaftsspiel bestreiten. Daher war es für uns eigentlich eher eine Urlaubsreise. Es machte Spaß, mit seinen Freunden unterwegs zu sein. Wir hatten so vieles gemeinsam durchgestanden, die Jahre des Lernens und des Trainings, die Niederlagen, aber auch die vielen hart erkämpften Siege. Wir waren gemeinsam als Mannschaft aufgewachsen. Wir hatten gelernt, von den Stärken der anderen zu profitieren und einander zu vertrauen. Doch der Fußball hatte nicht nur unsere Freundschaft, sondern auch unseren Charakter geprägt. Wir waren füreinander zu Brüdern geworden. Für uns war Fußball mehr als nur ein Spiel, es war ein Sport, bei dem im Mittelpunkt die felsenfeste Überzeugung stand, dass kein anderer Sport einen Menschen so stark lehren konnte, was es bedeutete, im Interesse eines gemeinsamen Zieles zu spielen.

VIER

30 Stunden vor dem Anschlag

Am späten Nachmittag dieses Tages checkte
Gustavo Salamanca mit einer geklauten
Kreditkarte auf den Namen Steve Pérez in das
Sheraton in der Nähe des Flughafens San Juan ein.
Er hatte einen silbernen Rimova-Koffer und einen
hellgrauen Puma-Rucksack dabei. In Letzterem
befand sich eine einzige Garnitur Wäsche zum
Wechseln. Mehr brauchte er nicht für die paar
Stunden, die er noch zu leben hatte. In dem Koffer
befanden sich neben einem Nackenkissen mehrere
selbstgebastelte Zünder, mehrere mit Stahlkugeln
gefüllte Gefrierbeutel und genügend
selbstgemachter Plastiksprengstoff, um das ganze
Hotel mitsamt Parkplatz in die Luft zu jagen.
Gustavo ging auf sein Zimmer. Er verbrachte viel
Zeit in der Dusche des Hotels und das bei
ausgeschaltetem Licht. Er mochte die umhüllende
Wärme und das ununterbrochene, trommelnde
Geräusch auf seiner Haut. Die Dunkelheit mochte
er auch, denn bald würde er sie ganz und gar
besitzen. Wegen Gott hatte er auch keine Angst

und es war ihm auch völlig egal, in Ewigkeit
langsam für sein Verbrechen geröstet zu werden.
„Es gibt weder Himmel noch Hölle", dachte er,
während er sich anzog. „Das ist doch alles
bescheuert." Gustavo fuhr mit seinem Honda zu
einem rund um die Uhr geöffneten Drogeriemarkt
in der Nähe des Flughafens. Zur dieser späten
Stunde war er der einzige Kunde im Laden. Er
kaufte sich eine Packung Einwegrasierer und
Rasierschaum. Außerdem eine Brille mit
Fensterglas von einem Drehständer. Er suchte sich
eine mit Horngestell aus, weil die ihm ein
studentisches Aussehen verschaffte. Er dachte, mit
dieser Brille würde er nicht sofort erkannt
werden. Als er an der Kasse ankam, bezahlte er
die Sachen und verließ den Drogeriemarkt. Statt
direkt zurück ins Hotel zu fahren, steuerte Gus
den Flughafen an und zog sich noch ein Ticket für
den morgigen Flug nach Kolumbien. Gus nutzte
die Gelegenheit und sah sich ein wenig um. Er
wollte feststellen, welche Sicherheitsmaßnahmen
im Flughafen ergriffen werden, und er wollte
ausspähen, wo die Kameras montiert waren. Er
schaute auf die Uhr. Es war 2:35 Uhr. Zu dieser
späten Stunde war der Flughafen nicht besonders
voll. Gus setzte seine neue Brille auf und trug die
Einkäufe ins Hotel. Pfeifend. Nachdem er die
Stoppeln auf seinem Schädel beseitigt und seine

neue Fensterglasbrille aufgesetzt hatte, schlenderte Gus zur Rezeption, um noch eine weitere Nacht im Sheraton zu bezahlen. Dann kehrte er in sein Zimmer zurück und hängte das „Bitte nicht stören"-Schild an die Türklinke. Er holte das Nackenkissen aus dem Rucksack. Er legte das flauschige Reisekissen, in dem zwei Sprengsätze eingenäht waren, auf den Tisch, dann schlitzte er das Futter des Kissens auf und stopfte weitere Blöcke von dem selbstgemachten Zeug hinein. Er klemmte die Drähte der Sprengkapseln mit einem Metallclip zusammen. Am Ende der Drähte hatte er das blanke Kupfer zusammengeflochten. Er befestigt dann noch die mit Stahlkugeln gefüllten Plastikbeutel an der Unterseite des Kissens. Fixiert wurden sie mit kreuz und quer angebrachtem Klebeband. Als er fertig war, setzte er sich auf das Bett und betrachtete zufrieden sein Handwerk. Er hatte keine Ahnung, ob es ihm gelingen würde, mit dieser in einem Reisekissen eingenähten Bombe durch die Sicherheitskontrolle im Flughafen zu gelangen und sich dann im Flugzeug in die Luft zu sprengen. Selbst wenn man Verdacht schöpfen sollte, würde er sich einfach bei der Gepäckkontrolle in die Luft jagen. Dort würden sicherlich auch viele Personen sein, die er erwischen würde. „Ein Abgang mit einem riesen Bumm", dachte Gus und schlief ein …

FÜNF

Am nächsten Tag verließ Gus um Viertel vor drei sein Zimmer im Sheraton, um frische Luft zu schnappen. Auf der anderen Seite der Straße erspähte er eine Filiale von Church's Chicken. Er ging hinüber, um seine letzte Mahlzeit zu bestellen: ein Spezialmenü mit extra Soße und Krautsalat. Das Fast-Food-Lokal war fast menschenleer. Gus trug sein Tablet zu einem Tisch am Fenster, sodass er den Sonnenschein genießen konnte. Bald würde es für ihn keine Sonne mehr geben, so konnte er sie noch genießen, solange das noch möglich war. Die puerto-ricanische Sonne schien am Himmel und es war angenehm warm draußen. Gus aß langsam und dachte daran, wie oft er früher immer bei Chicken Church's gegessen hatte. Er hatte immer das Spezialmenü mit Krautsalat gegessen und seine Lieblingsmahlzeit bestellt, ohne darüber nachzudenken. Als er seine Mahlzeit bis auf den letzten Bissen aufgegessen hatte, räumte er seinen Tisch auf, wischte mit einer Papierserviette einen Spritzer Soße ab und entsorgte seinen Abfall. Die

Frau hinter der Theke fragte ihn, ob alles in Ordnung sei, woraufhin er mit Ja antworte. Gus fragte sich, wie viel von den Hähnchenteilen, der Soße und dem Krautsalat die Chance haben würden, verdaut zu werden, bevor die Explosion ihm den Bauch aufreißen und den Inhalt in alle Richtungen spritzen lassen würde.

„Man wird mich in Erinnerung behalten", dachte er, während er zu seinem braunen Honda ging. „Ich werde in die Geschichte eingehen …" Gegen 18:45 traf Gus am San Juan Luiz Muñoz Marín Airport ein. Es war nicht gerade leicht, auf dem riesigen Parkplatz des Flughafens einen Platz zum Abstellen des Hondas zu finden, da dieser größtenteils belegt war. Bis das Flugzeug starten sollte, war noch genügend Zeit. Gus hatte neben einem Lkw, der mindestens 12 Meter lang war, so geparkt, dass er von dem Trubel auf dem Parkplatz verborgen wurde. Er nahm seine falsche Brille aus dem Handschuhfach und setzte sie auf. Sie rutschte an seinem schweißnassen Nasenrücken herunter. Gus schob sie zurück. Indem er ein wenig den Hals reckte, konnte er sich im Seitenspiegel des Hondas sehen. Kahlköpfig und bebrillt sah er überhaupt nicht mehr aus wie früher. Gus stieg aus und ging rasch um den Lkw herum, um sich zu vergewissern, ob er wirklich so unbeobachtet war, wie er dachte. Nachdem das klar war, begann Gus heftig schwitzend mit den letzten Vorbereitungen und der endgültigen Verknüpfung der Kabel. Er holte die Selbstmordweste aus dem Kofferraum. Er umwickelte Kabel, die noch abstanden mit Isolierband, um alles zu verstecken. Nach zehnminütiger Arbeit mit gelegentlichen Pausen, in denen Gus auf die andere Seite des Trailers spähte, um sich zu vergewissern, dass er diesen Winkel des Parkplatzes auch weiterhin für sich alleine hatte, war er fertig. Nun war nur noch das Hauptkabel sichtbar. Gustavo stieg aus dem Honda und packte das Nackenkissen in seinen Rucksack und versteckte es unter einem Haufen von Klamotten und anderem Zeug. Die Klimaanlage im Eingangsbereich des Flughafens war für Gus wie ein Schlag ins Gesicht. Auf seinem schweißnassen Hals und seinen Armen bekam Gus eine Gänsehaut. Der Flughafen war zu dieser Zeit noch größtenteils leer. Das gefiel ihm ganz und gar nicht. Gus hatte angenommen, dass der Flughafen rappelvoll wäre, sodass die Security-Leute bei der Handgepäckkontrolle überfordert wären und nur kurz kontrollieren und ihn dann durchlassen würden. So zumindest kannte es Gus, als er vor einigen Jahren mal nach Seattle geflogen war. Nachdem Gus eingecheckt hatte, ging er zur Handgepäckskontrolle. Dort waren mindestens ein Dutzend Männer und

Frauen mit blauen Uniformen und Aufnähern an der Schulter, auf denen „SJU Security" stand. Gus war zwar klar, dass man ihn am Checkpoint eventuell aufhalten würde, doch er hatte geglaubt, in diesem Fall wenigstens ein paar Menschen bei der Sicherheitskontrolle mit in den Tod nehmen zu können. Eine weitere falsche Annahme. Die Glaswand bei der Handgepäckskontrolle würde vermutlich wie ein Schild wirken, das die Wucht der Explosion auffangen würde. Die umherfliegenden Glassplitter würden möglicherweise einige Menschen treffen, doch würde Gus bei weitem nicht so viele Menschen töten, wie er dachte. Sobald einer der Security-Leute Gus Rucksack öffnen würde, um einen Blick hinein zu werfen, würde er einfach die Eins auf seinem Nokia-Handy drücken. Dann würde ein kleines Lämpchen rot am Handy aufleuchten und es würde Elektrizität in den Zünder fließen. Es waren nur noch wenige Leute, die vor Gus standen. Ihm wurde immer kälter und er begann am ganzen Körper zu zittern. Die Security-Mitarbeiterin ließ die Leute vor Gus, nachdem sie durch den Metalldetektor gelaufen waren, teilweise einfach durch, ohne sie weiter in Augenschein zu nehmen. Plötzlich hörte Gus eine Durchsage. Der Flug nach Bogotá war bereit zum Boarding. Gus wurde immer nervöser. Er hoffte, man würde die Bombe im Nackenkissen durch das Röntgenprüfgerät nicht erkennen.

„Der Nächste", rief die Security-Frau Gus zu.

„Bitte nicht die Schlange aufhalten."

Gus ging langsam vor, bereit, die Eins auf seinem Handy zu wählen, wenn die Frau auch nur ein flüchtiges Interesse an Gus Tasche zeigte. Gus beobachtete nervös den Security-Chef. Ein etwa 1.90 großer Mann mittleren Alters mit einem Schnauzbart. Seine Augen waren ständig in Bewegung. Er fuhr sich mit der Hand über den Schädel und spürte glatte Haut, wo vorher noch Haare gewesen waren. Gus legte seinen Rucksack und seine Jacke mit zittrigen Händen auf das Laufband und ging durch den Metalldetektor. Dabei schaute er sich immer wieder nervös um. Sein Rucksack rollte über das Laufband, ohne dass die Security-Leute etwas davon mitbekamen. Gus hatte es tatsächlich geschafft.

„Angenehmen Flug, Señor", sagte die Frau.

„Danke, den werde ich bestimmt haben", antwortete Gus und strahlte. Er verließ den Securitybereich.

SECHS

Während ich im Flugzeug saß, musste ich an meinen Vater denken. Er hatte uns am Freitag beim Flughafen in San Juan abgesetzt.

„Viel Spaß", hatte er gesagt. „Ich hole euch am Sonntag wieder ab." Er umarmte uns und fuhr dann wieder zurück in sein Büro. Während wir in Kolumbien unseren Spaß haben würden, würde er das tun, was er immer tat: arbeiten, Probleme lösen und die Dinge am Laufen halten.

„Möchten Sie noch etwas trinken?", fragte die Stewardess, während sie mit dem Servierwagen vorbeiging.

„Nein, danke", sagte ich. Angel saß immer noch am Fenster, aber wir flogen durch dichten Nebel, sodass es nicht viel zu sehen gab. Plötzlich spürten wir ein heftiges Rumpeln, als die Maschine auf einzelne Turbulenzen traf. Ich beugte mich nach vorn zu meinen Brüdern und meiner Mutter hinüber. Meine Mutter wirkte besorgt. Sie hatte das Buch, das sie gerade las, weggelegt und hatte ein bleiches Gesicht. Ich wollte ihnen sagen, dass sich keine Sorgen machen sollten, doch bevor ich den Mund öffnen konnte, hörte ich einen lauten Knall. Ich schmiss mich sofort auf den Boden und schützte mit den Händen meinen Kopf. Der Boden des Rumpfes schien zu brechen, die Boeing wackelte heftig. Ein starkes Zittern erschütterte die Maschine. Man hörte das schreckliche Kreischen von schleifendem Metall. Dann war da plötzlich noch ein Knall und dann hörte ich nichts mehr. Mit unglaublicher Kraft wurde ich nach vorne geschleudert, in die völlige Dunkelheit und Stille.

SIEBEN

In den ersten Stunden war nichts, keine Angst,
keine Trauer und auch kein Zeitgefühl, nicht
einmal ein Schimmer von Gedanken oder
Erinnerungen. Es war alles schwarz, nur
schwarze, völlige Stille. Dann tauchte ein dünner,
heller Lichtfleck auf und trieb mich aus der
Dunkelheit, wie ein Taucher, der an die
Oberfläche schwimmt. Allmählich erlangte ich das
Bewusstsein wieder und erwachte unter großen
Mühen. Ich konnte nur dunkele Umrisse aus Licht
und Schatten wahrnehmen. Ich starrte voller
Verwirrung auf die nebelhaften Gestalten. Ich
hörte Stimmen und spürte Bewegung um mich
herum. Schließlich wurde mir klar, dass sich eine
der Gestalten über mich beugte. „Kannst du mich
hören, Ben? Ben, geht es dir gut?" Der Schatten
kam näher. Ich sah einen zerzausten, schwarzen
Haarschopf, darunter tiefe braune, mandelförmige
Augen. Es war jemand, den ich kannte. *„Wo bin
ich? Warum tut mein Kopf so entsetzlich weh?"*, diese
Gedanken wollte ich laut aussprechen, doch mein
Mund konnte diese Laute nicht formen.

"Kann er dich hören?", fragte eine andere Stimme.
"Bitte, Ben, nicht aufgeben, du darfst nicht
sterben", flüsterte mir die Stimme leise ins Ohr.
Erst jetzt wurde mir klar, dass ich auf dem Boden
eines Passagierflugzeuges lag und dass das
Flugzeug fernab jeglicher Zivilisation abgestürzt
war. Als ich nach vorn in Richtung Cockpit
blickte, sah ich, dass an dieser Boeing rein gar
nichts in Ordnung war. Der Rumpf war auf die
Seite gerollt. Anfangs waren mir jede Menge
rundliche schwebende Lichter aufgefallen, jetzt
erkannte ich, dass es die Fenster des Flugzeuges
waren, von denen die meisten zersplittert waren.
Neben mir lagen viele Glasscherben und kaputte
Teile des Flugzeuges. Überall war schwarzer
Rauch und es stank gewaltig. Mein Kopf und
mein Oberkörper ruhten an der Seitenwand der
Maschine und meine Beine ragten in den
Mittelgang, der merkwürdig schräg war, was
daran lag, dass das Flugzeug zur Seite gekippt
war. Die meisten Sitze der Maschine fehlten. Von
der beschädigten Decke hingen irgendwelche
Kabel und Schläuche. Der Fußboden um mich
herum war von verbogenen Metallstücken und
anderen Trümmern übersät. In meinem Kopf
spürte ich einen pochenden Schmerz. Als ich
meine Hand vorsichtig in Richtung meines
Schädels bewegte und mir an den oberen Kopf

griff, bemerkte ich, dass meine Harre von vertrocknetem Blut verklebt waren. Mein Herz hämmerte gegen meinen Brustkorb. Ich atmete in tiefen Zügen. Mein kompletter Körper blutete und war voller Wunden. Ich war dicht davor, in Panik zu geraten, da sah ich über mir wieder diese braunen Augen und da erkannte ich endlich, dass es das Gesicht meines Freundes Panchito Alcasar war.

"Was ist passiert?", fragte ich leise. "Wo sind wir?" Panchito beugte sich vorsichtig zu mir runter, um die Verletzungen auf meinem Gesicht zu untersuchen. Panchito war schon immer ein ernsthafter Mensch gewesen, willensstark und fürsorglich. Ich sah einen zuversichtlichen, hartnäckigen Gesichtsausdruck auf seinem Gesicht. Aber ich sah auch etwas, das ich zuvor noch nie bei ihm gesehen hatte: Düsternis und Angst. Panchito galt im Team immer als sehr mutig und wich vor nichts und niemandem zurück. Der Blick hatte etwas Beunruhigendes an sich, es war der Blick von jemandem, der versucht, etwas Unbegreifliches zu begreifen.

"Du warst fast zwei Tage lang bewusstlos, wir hatten dich schon aufgegeben", sagte er ohne eine Spur von einem Gefühl in seiner Stimme.

"Was ist mit mir passiert?", fragte ich. "Warum habe ich solche Schmerzen?"

"Verstehst du nicht, Ben, wir sind abgestürzt,

mitten im Dschungel!", rief er. „Wir sitzen hier fest", sagte er dann so leise, dass man ihn kaum verstand. Ich war vollkommen verwirrt und schüttelte den Kopf. Vielleicht wollte ich nicht wahrhaben, was passiert war, aber mir erschien das alles ziemlich merkwürdig.

„Wie haben wir denn überlebt, wenn das Flugzeug von einer so großen Höhe abgestürzt ist?", fragte ich Panchito ziemlich verwirrt.

"Es ist ein Wunder. Wir haben nur deshalb überlebt, weil die Bäume und Pflanzen unseren harten Aufprall auf den Waldboden ein wenig abgedämpft haben, erinnerst du dich wieder, Ben? Wir waren auf dem Weg nach Kolumbien und dann haben wir das Heck durch eine Bombenexplosion verloren, weißt du noch?" Ich war immer noch sehr verwirrt, doch als ich mir später in der völlig zerstörten Flugzeugtoilette das verkrustete Blut von meinem Gesicht wusch, fiel mir alles wieder ein ...

ACHT

„Hier, Ben, hast du Durst?" Panchito kroch neben mich und drückte mir eine 0,5-Liter-Wasserflasche an die Lippen. Das Wasser schmeckte komisch, aber ich war so ausgedörrt, dass ich die ganze Flasche austrank und um mehr bettelte. Es waren jetzt mehrere Stunden, die vergangen waren, seitdem ich aus dem Koma erwacht war. Ich konnte wieder klarer denken und hatte viele Fragen. Ich winkte Panchito näher heran. „Wo ist meine Mutter?", fragte ich. „ Wo sind Carlos und Luis? Geht es ihnen gut?" Panchitos Gesicht verriet nichts. Es war ausdruckslos. „Ruh dich aus", sagte er „Du bist immer noch sehr schwach." Er ging weg. Immer wieder bat ich Panchito und Angel. Sie sollten mir etwas über meine Angehörigen sagen, aber aus meinem Mund kam nur ein heißeres Flüstern. Sie taten so, als hörten sie mich nicht. Ich lauschte nach den Stimmen von Carlos oder Luis und sah mich nach dem Gesicht meiner Mutter um. Doch alles im Flugzeug war gespenstisch still. Man hörte lediglich Waldgeräusche aus dem Dschungel. Bibbernd lag ich auf dem Boden des

Flugzeugrumpfes. Verzweifelt sehnte ich mich danach, das warmherzige Lächeln meiner Mutter zu sehen, in ihre Arme geschlossen zu werden und zu hören, dass alles gut werden würde. Sie fehlte mir sosehr, dass mir das schlimmere Schmerzen zuzufügen schien als das Pochen im meinem Kopf. Als Panchito wieder mit Wasser zu mir kam, packte ich ihn am Ärmel. „Wo sind sie, Panchito, bitte?", beharrte ich. Panchito blickte mir in die Augen. Offenbar erkannte er, dass ich für die Antwort bereit war. „Ben, du musst jetzt stark sein", sagte er. „Deine Mutter und deine Brüder sind tot. Alle außer dir, Angel und mir sind tot."

Wenn ich heute daran zurückdenke, wundere ich mich, warum diese Nachricht mich nicht völlig zerstörte. Nie hatte ich so dringend die Umarmung meiner Mutter gebraucht und jetzt erfuhr ich, dass ich ihre Nähe nie wieder spüren würde. Einen Augenblick lang überkamen mich Trauer und Panik in derart heftiger Weise, dass ich fürchtete, ich würde den Verstand verlieren. Meine Mama, meine Brüder, meine Freunde, sie sind alle tot. Aber dann formte sich in meinem Kopf ein Gedanke. Ich höre ihn in einer klaren, von allem losgelösten Stimme. *Weine nicht*, sagte diese Stimme. *Du verschwendest nur Salz und Salz wirst du zum Überleben brauchen.* Ich war verblüfft, mit welcher Ruhe der Gedanke kam, und erschrocken darüber, dass die Stimme den Gedanken so kaltblütig aussprach. Ich sollte nicht über meine Mutter weinen? Nicht weinen Über meine Brüder? Ich war im Regenwald abgestürzt, meine Brüder und meine Mutter waren gestorben. Mein Kopf tat entsetzlich weh. Und ich sollte nicht weinen? José, Paco, Miguel, alle meine Freunde waren tot. Sie waren wie Brüder für mich. Mir stieg ein Schluchzen in der Kehle hoch. Wie konnte das nur passieren? „Was für ein Mistkerl, dieser Terrorist", sagte Panchito. Doch noch bevor er den Satz beendet hatte, hörte ich wieder diese Stimme. *Sie alle gehören zu deiner Vergangenheit. Vergeude deine Kraft nicht mit Dingen, die du sowieso nicht ändern kannst. Schau nach vorn. Sei vernünftig und du wirst überleben.* Ich wollte Panchito packen, ihn schütteln und sagen, dass alles eine Lüge war. Plötzlich änderte sich alles in mir. Ohne dass ich mich groß anstrengen musste, tat ich, was die Stimme gesagt hatte. Ich ließ die Trauer um meine Mutter, Brüder und Freunde in die Vergangenheit gleiten und mein Geist wurde von einer Welle von Willenskraft überrollt, Willenskraft darüber, dass wir drei überleben und hier rauskommen würden. Meine Verletzungen waren mir egal. Mühsam kam ich auf die Beine und versuchte zu gehen. Um mich herum lagen zerdrückte Plastikbecher, zerfledderte Zeitschriften, verstreute Spielkarten und Taschenbücher. Nicht weit vom Cockpit lagen die Sitze des Flugzeugs kreuz und quer übereinander. Als ich langsam weiterging, sah ich die Metallklammern, mit denen die Sitze am Boden befestigt waren. Ich malte mir kurz aus, was für eine ungeheure Kraft notwendig sein musste, um die Sitze aus einer derart soliden Verankerung herauszureißen. Ich war schwach und kam nur langsam voran. Plötzlich sah ich den Körper meines toten Bruders Carlos. Er lag im Mittelgang. Sein Mund war offen und seine Harre waren blutverschmiert. Neben ihm lagen die Leiche meiner Mutter und die Leiche von Luis. Als ich sie so sah, empfand ich eine entsetzliche schmerzliche Hilflosigkeit. Meine Familie so zu sehen war für mich eine schreckliche Qual und doch konnte ich nichts tun. Sie waren tot. Damit musste ich mich jetzt abfinden. In Gedanken wünschte ich diesem Terroristen, dass er jetzt in der Hölle schmorrte. Hier und jetzt in der zertrümmerten Hölle des Flugzeugs hätte ich bereitwillig mein Leben geopfert, um meine Mutter und meine Brüder zurückzuholen und sie nach Hause zu meinem Vater zu schicken. Mein Vater! In dem ganzen Chaos und Durcheinander habe ich völlig vergessen, an ihn zu denken, daran zu denken, was er durchmachte. Er hatte die Nachricht vom Absturz der Maschine vermutlich schon bekommen und lebte nun die ganze Zeit in dem Glauben, uns alle verloren zu haben. Ich kannte ihn und seine Einstellung zu gut, um zu wissen, dass er sich keine falschen Hoffnungen machen würde. Einen Absturz aus 7000 Metern über dem Amazonas überleben? Unmöglich. Jetzt sah ich ihn in aller Schärfe vor mir. Meinen starken liebevollen Vater, vermutlich verlor er gerade den Verstand über diesen unvorstellbaren Verlust. Nach all der Sorge um das Wohl seiner Familie. Wie konnte er da ertragen, dass seine Frau und Kinder durch ein Flugzeugattentat getötet worden waren. Er konnte uns letztlich nicht beschützen. Es brach mir das Herz, dass er zu Hause in Puerto Rico so etwas durchmachen musste. Und dieses gebrochene Herz bereitete mir mehr Schmerzen als jeglicher körperlicher Schmerz oder der Durst und die Angst. Mich überfiel das Verlangen, jetzt bei ihm zu sein. Ich konnte den Gedanken, dass er glaubte, ich sei tot, nicht ertragen. „Ich lebe noch.", flüsterte ich. Mir war, als wären wir durch einen Spalt im Himmel in die Hölle hinabgestürzt. Die grüne Hölle. Wir waren nur drei Jungen und hatten noch nie in unserem Leben richtig gelitten. Und keiner von uns war irgendwann mal im Dschungel gewesen. Ich hörte die Stimme meiner Mutter: „Sei stark, Ben, sei klug." Aber ich empfand nur Hoffnungslosigkeit und Angst und das tiefe

Gefühl des Verlustes. Langsam ging die Sonne unter und das Licht im Flugzeugrumpf wurde schwächer. Angel und Panchito, die bereits zwei lange Nächte im Regenwald hinter sich hatten, suchten ihre Schlafplätze im Flugzeug auf. Wenig später herrschte in dem Flugzeug völlige Dunkelheit. Ich aß ein Bonbon, das ich zuvor in meiner Tasche gefunden hatte, und schlief auf dem Boden des Flugzeugrumpfes ein.

Die Morgendämmerung setzte ein. Ich stellte fest, dass ich ziemlich gut geschlafen hatte. Angel und Panchito erging es nicht anders. Wir waren alle ziemlich erschöpft. Als das schwache Licht die Fenster des Flugzeugrumpfes erhellte, rührten sich auch Panchito und Angel. Immer noch pochte der Schmerz in meinem Kopf, aber es hatte aufgehört zu bluten. Ich stolperte aus dem Rumpf nach draußen und warf einen ersten Blick auf die grüne Welt, in die wir gestürzt waren. Die Morgensonne schien durch das dichte Meer aus Baumkronen. Der zerschmetterte Rumpf der Boeing lag auf dem Boden des Regenwaldes und hatte einige Bäume um die Absturzstelle zerbrochen. Ich sah mich um. Es war unfassbar schön – die gewaltige Größe und Kraft der Baumriesen. Die Schönheit des Regenwaldes machte mich sprachlos, doch wie bei Panchito und Angel sorgte die Weite dieses scheinbar endlosen

Waldes dafür, dass ich mich klein und verloren und unfassbar weit weg von zu Hause fühlte. In dieser urtümlichen Welt hatte ich das Gefühl, seltsam abgeschnitten von der Wirklichkeit zu sein. Tief in mir wusste ich, dass es nicht leicht werden würde, hier zu überleben. Auch Panchito und Angel wussten sehr wohl, dass wir bis an unsere Grenzen gehen mussten, um hier im Amazonas auch nur mehrere Tage überleben zu können. Wir begannen damit, alles Essbare zu sammeln, was sich in Koffern befand oder verstreut in der Kabine herumlag. Viel war es nicht. Ein paar Schokoriegel, Oreo-Kekse, getrocknete Früchte und Nüsse. Außerdem noch zwei Flaschen Wasser und eine Cola-Dose. Panchito war der festen Ansicht, dass wir bald gerettet werden würden, dennoch folgte er seinem natürlichen Überlebensinstinkt, um auf Nummer sicher zu gehen. Bereits am zweiten Tag fingen wir damit an, unser Essen behutsam zu rationieren. Jede Mahlzeit bestand nur aus einem kleinen Stück Schokolade und einem Schluck Wasser. Es reichte bei niemandem von uns, um den Hunger zu stillen. Doch wir mussten eben sparsam sein. An jenen Tagen dachten wir, die Rettungsmannschaft sei unsere einzige Überlebenschance. Was wir damals nicht wussten, war, dass inzwischen die größte Suchaktion der kolumbianischen Luftfahrt begonnen hatte. Schon seit dem vergangenen Nachmittag war ganz Kolumbien in höchstem Aufruhr. Die Innenstadt in Los Patrico, einer kleinen Stadt in der Nähe des Absturzortes, war vollkommen ausgestorben. Die Bewohner von Los Patrico haben sich zum Teil selbst auf die Suche gemacht. Mit ihren eigenen Pick-ups, Booten oder Flugzeugen. Nachdem die Copa-Airlines-Maschine von einem Augenblick auf den anderen vom Radarschirm verschwunden war, fehlte von ihr jede Spur. Irgendwann konnte niemand mehr die Augen davor verschließen, dass die Maschine verschollen und allem Anschein nach abgestürzt war. Wir hörten kurz das Motorengeräusch eines Suchflugzeugs. Wir winkten und riefen, doch vergebens. Es drehte ab und verschwand. „Sie werden bestimmt zurückkommen", sagte Panchito „Ganz bestimmt."

„Hoffentlich", sagte ich. Wir klammerten uns ganz fest an diese Hoffnung. Wir mussten einfach daran glauben. Alles andere wäre zu entsetzlich gewesen. Wir beteten zu Gott, dass sie uns fanden und hier herausholten. Panchito sorgte dafür, dass unser Glaube an die Rettung stark blieb. Selbst als nach mehreren Tagen immer noch keine Rettung in Sicht war, zweifelte er nicht daran, dass man uns in Sicherheit bringen würde. In den ersten Stunden nach dem Absturz hatte Angel im

Cockpit mehrere Karten gefunden. Wir hatten die komplizierten Karten stundenlang studiert und die Kleinstadt Los Patrico gesucht. Schließlich hatten wir sie gefunden. Sie lag südlich von uns. Ein ganzes Stück entfernt von der Absturzstelle. Keiner von uns war ein Experte im Lesen solcher Landkarten, aber irgendwie hatten wir es geschafft, Los Patrico zu finden. Wir waren überzeugt, dass sich einige Kilometer südlich von uns ein Dorf befinden würde. Dort würde jemand sein, der uns half. Wir würden alle drei gerettet werden. Bisher hatten wir uns wie Schiffsbrüchige gefühlt, die mitten auf dem Ozean waren und keine Ahnung hatten, wo die nächste Küste sein könnte. Am Morgen des 15. August – es war unser fünfter Tag im Regenwald, begriff ich mit bedrückender neuer Klarheit wieder, wie weit wir von zu Hause entfernt waren, und versank wieder in Verzweiflung. Ich dachte, ich würde sterben. Eigentlich war ich ja schon tot. Mir war das Leben gestohlen worden. Die Zukunft, von der ich geträumt hatte, würde es für mich nicht mehr geben. Wut stieg in mir hoch und für kurze Zeit fühlte ich mich so besiegt und verloren, dass ich glaubte, den Verstand zu verlieren. Dann dachte ich an meinen Vater und das machte mir Mut. „Ich werde kämpfen", dachte ich, „ich werde nach Hause kommen. Ich werde nicht sterben!" Irgendwann fand ich mich erschöpft mit meinem

Kummer ab. Wir waren nun der Ansicht, dass wir uns auf den Weg nach Los Patrico machen sollten. Mir ging es wieder besser seit der Gehirnerschütterung. Angel und Panchito waren bei der Explosion beide unverletzt geblieben. Unterwegs konnten wir nach dem Heck der Maschine suchen, das bei der Bombenexplosion verloren gegangen war. Wir hofften, dass dieses voller Lebensmittel war. Wir fragten uns sogar, ob darin vielleicht noch jemand überlebt hatte. Es war mehr als fünf Tage her, dass wir abgestürzt waren, und die Rettungskräfte hatten uns immer noch nicht gefunden. Wir mussten nun handeln, wenn wir hier raus wollten. „Wir müssen gehen", sagte ich. „Wir dürfen nicht aufgeben. Oder wollt ihr einfach hier warten, bis wir sterben?"

„Ben hat Recht", sagte Angel. „Wenn wir hier bleiben, sterben wir, also müssen wir uns früher oder später auf den Weg machen."

NEUN

Wir folgten dem Wasserlauf in der Hoffnung, Los Patrico zu finden. Das Wasser floss um meine Füße. Beharrlich setzten wir einen Fuß vor den anderen. Ich folgte Panchito und Angel. Desto weiter wir gingen, desto größer wurde der Bach. Schließlich war es fast ein kleiner Fluss. Die Tage im Regenwald ähnelten sich, wir versuchten mitzuzählen, nicht die zeitliche Orientierung zu verlieren. Die Intensität des Tageslichts zeigte uns die ungefähre Uhrzeit an. Pünktlich um sechs Uhr morgens ging die Sonne in den Tropen auf, um sechs Uhr abends wurde es dunkel. Die Sonne selbst jedoch sahen wir nur selten. Das Kronendach der Urwaldriesen war zu dicht. Irgendwann aßen wir die letzten Vorräte, die wir im Flugzeugwrack gefunden hatten. Wir wagten es nicht, etwas anderes zu essen. Es gab kaum Früchte, die wir essen konnten. Wir konnten auch keine Fische vom Bach fangen. Wir wussten, dass im Urwald vieles giftig war, also ließen wir lieber die Finger von dem, was wir nicht kannten. Dafür tranken wir jede Menge Wasser vom Bach. Am fünften oder sechsten Tag unserer Wanderung hörten wir einen Vogelruf, und sofort schlug unsere apathische Stimmung in Euphorie um. Es war der eindeutige unverwechselbare Ruf eines Huhns. Dort, wo Hühner waren, siedelten auch Menschen! Euphorisch und mit neuem Auftrieb versuchten wir, rascher voranzukommen, und folgten den Hühnerrufen. Wir hatten gedacht, dass wir schnell vorankamen, doch wir irrten uns. Die Mündung des Baches wurde durch jede Menge Schwemmholz versperrt und von dichtem Gestrüpp überwuchert. Bald sahen wir ein, dass wir hier niemals durchkommen würden. Also beschlossen wir, das Bachbett zu verlassen und die Barrieren zu umgehen. Das kostete uns viel Zeit. Die Mündung war dicht zugewachsen mit über fünf Meter hohem Schilf, die scharfen Halme schnitten uns in die Arme und Beine. Es war sehr mühsam für uns da durchzukommen. Doch die Rufe der Hühner machten uns immer wieder Mut. Nach einiger Zeit hatten wir es tatsächlich geschafft – endlich. Wir standen am Ufer des großen Flusses. Ich schätzte seine Breite auf ungefähr zehn Meter. Wir erkannten sofort, dass hier keine Boote entlangfahren konnten, denn zahlreiche Baumstämme und anderes Treibholz machten das unmöglich. Langsam verzweifelten wir. Nach all den Tagen hatten wir endlich ein offenes Gewässer erreicht, das Ufer eines wirklich großen Flusses, doch immer noch war weit und breit keine Menschenseele zu sehen. Die Weite des Urwalds um mich herum wurde mir erst jetzt mit aller Deutlichkeit bewusst. Ich befürchtete, dass er über tausende Quadratkilometer unbewohnt war. Ich wusste, dass es ein äußerst seltener Zufall war, hier einem Menschen zu begegnen. Auch wenn wir ahnten, dass unsere Chancen gegen null gingen, gaben wir nicht auf. Wir überlegten, wie wir am besten weiterkommen konnten. Das Flussufer war viel zu dicht bewachsen, als dass wir daran weiter wandern konnten. Also überließen wir uns der Strömung. Die Zuversicht, es irgendwie zu schaffen, war wieder zurückgekehrt. Langsam ging die Sonne unter. Es war Zeit für uns, sich einen Schlafplatz zu suchen. Wir suchten uns einen halbwegs geschützten Platz am Ufer, an dem wir die Nacht verbringen konnten. Wir versuchten immer eine Stelle zu finden, an der wir einigermaßen geschützt waren. Entweder durch eine leichte Böschung oder einen großen Baum. Seitdem meine Gehirnerschütterung nachgelassen hatte, fiel ich nicht mehr in jenen schlafähnlichen Zustand, der eher einer Betäubung glich. Die Nächte im Regenwald waren lang, stockfinster und ich fand keine Ruhe. Auch in dieser Nacht war an Schlaf nicht zu denken. Nervige Moskitos hielten uns wach, die uns bei lebendigem Leib geradezu aufzufressen zu schienen. Um meinen Kopf herum summte es. Die lästigen Viecher versuchten, mir in Ohren und Nase zu kriechen. Für Panchito, Angel und mich waren diese Nachtstunden unerträglich. Wir waren todmüde von der Wanderung. Wir fielen kurz in einen Dämmerschlaf und wurden dann von dem Brennen und Beißen neuer Stiche geweckt. Was allerdings noch schlimmer war als die Moskitos, war Regen. Wenn es in der Nacht regnete, ließen uns zwar die Moskitos in Ruhe, doch der kalte Regen prasselte unbarmherzig auf uns nieder. Wir froren in unseren dünnen Sommerklamotten. Wir hatten nur T Shirts und Shorts an. Unsere Klamotten waren ständig durchnässt. So heiß es am Tag auch sein mochte, nachts kühlten die Temperaturen drastisch ab. Wir suchten uns Plätze unter dichten Bäumen oder im Gebüsch und sammelten große Blätter, mit denen wir versuchten, uns zu schützen. Es half alles nichts. In diesen schweren Nächten, wenn ich durchnässt in irgendeiner Ecke kauerte und die Zeit sehr langsam verging, stieg ein grenzenloses Gefühl der Verlassenheit auf. Nachts hatten wir auch ein paar Begegnungen mit größeren Tieren. Einmal, während wir mitten in einem Gebüsch zu schlafen versuchen, hörten wir direkt neben uns ein Fauchen und Scharren. Ich wusste, dass das wohl kein Jaguar und auch kein Ozelot war, wahrscheinlich rumpelte da neben mir ein Paka, ein Nagetier, so groß wie ein mittlerer Hund, mit braunem Fell und weißen, in Bahnen angeordneten Flecken. Ich räusperte mich, da bekam das Tier einen furchtbaren Schreck und rannte in wilden Sätzen laut grunzend davon. Am nächsten Morgen fühlte ich an meinem oberen Rücken einen stechenden Schmerz, und als ich mit der Hand dort hin fasste, war sie blutig. Doch ich konnte nichts daran ändern, so stark die Schmerzen auch waren. Wir mussten unsere Wanderung fortsetzten. Wir hatten nur eines im Sinn: Wir mussten Menschen finden. Geschwächt wie ich war, bildete ich mir während der Wanderung durch den Dschungel immer wieder ein, dass Dach eines Hauses am Ufer zu sehen. Auch meine Ohren täuschen mich, und ich war ganz sicher, Hühner gackern zu hören. Aber natürlich waren es keine Hühner. Es war alles nur Einbildung. Ich war müde. So entsetzlich müde. In den Nächten phantasierte ich vom Essen. Von aufwändigen Gerichten und von ganz einfachen Speisen. Morgen für Morgen fiel es mir schwerer, mich von meinem unbequemen Lager zu erheben und weiterzugehen. Auch Panchito und Angel waren müde und geschwächt. Hatte es einen Sinn, weiterzumachen? „Ja", sagte ich mir unter Aufbietung aller Kräfte, „du musst weiter". Ich stand kurz vor dem völligen Zusammenbruch. In meinem Kopf nahmen nur die einfachsten Gedanken Gestalt an.

„Wir können jetzt nicht umkehren", sagte Angel und schüttelte den Kopf, „Wir müssen weiter machen." Doch wir wurden immer schwächer. Wir mussten etwas essen, aber was?

„Wir müssen versuchen, einen Fisch zu fangen", sagte Panchito. Doch es war unmöglich, einen Fisch mit den Händen zu fangen. Am Abend fanden wir eine Kiesbank und dachten, das wäre ein guter Schlafplatz. Ich ließ mich auf ihr nieder, döste ein wenig vor mich hin, blinzelte – und sah etwas, was da nicht hingehörte. Ich glaubte zu träumen, riss die Augen auf und tatsächlich: Dort am Ufer lag ein Boot. Ein recht großes sogar, eines, wie die Einheimischen benutzten. Ich dachte mir, dass das nicht möglich war, dass ich halluzinierte, rieb mir die Augen, sah dreimal hin, und immer noch war es da. Ein Boot. „Panchito, Angel, seht mal da! Ein Boot", sagte ich und deutete darauf. Tatsächlich, Angel und Panchito sahen es auch. Dort war ein Boot. Wir gingen hin. Ich fasste es an. Ich konnte es kaum glauben, das Boot war neu und vollfunktionsfähig. Warum hatten wir das vorher nicht gesehen?

„Wir müssen dort hinauf", sagte Panchito „Wir finden dort sicher Menschen."

Ich war sehr schwach. Doch irgendwie schaffte ich es aufs Boot. Ich sah einen einfachen Unterstand, Pfähle mit einem Palmwedeldach, ein eingezogener Boden aus der Rinde einer Palme, etwa drei auf vier Meter groß. Hier lagerte der Außenbordmotor des Bootes, 40 PS, registrierte ich, als wäre das jetzt wichtig, und ein Fass mit Benzin. Menschen waren weit und breit keine zu sehen, aber ein Pfad führte in den Wald hinein, und wir waren uns ziemlich sicher, dass die Besitzer des Bootes jeden Moment aus ihm heraustreten würden. Wir warten einige Zeit. Noch immer war niemand gekommen. Es wurde allmählich dunkel, und wir beschlossen, hier zu übernachten. Zunächst versuchten wir es auf dem Boden der Hütte, doch die Rinde war derart hart, dass ich mir lieber ein Plätzchen im Ufersand suchte. Wir nahmen uns eine große Plane vom Boot, deckten uns mit ihr zu und schliefen so vor den Mücken geschützt in dieser Nacht göttlich, besser als in jedem Fünfsternehotel. Am nächsten Morgen wachten wir auf, und noch immer war niemand erschienen. Ich überlegte, was wir tun sollten. Vielleicht kam hier die nächsten Wochen niemand her. Vielleicht sollten wir doch lieber weitergehen? Kurz nur überlegten wir, das Boot zu nehmen, um damit flussabwärts zu fahren, doch erschien es niemandem von uns richtig. „Wer weiß", dachte ich, „vielleicht ist der Besitzer noch irgendwo hier im Wald, und wenn er wiederkommt, braucht er sein Boot." Nein, wir konnten unmöglich unser eigenes Leben retten und das eines anderen aufs Spiel setzen. Während wir hin und her überlegten und uns berieten, wurde es Mittag und es begann in Strömen zu regnen. Wir verkrochen uns im Boot. Am Nachmittag hörte der Regen auf und mein Verstand sagte mir, dass wir weiter mussten. Doch wir hatten alle keine Kraft mehr. Wir wollten uns noch einen Tag ausruhen und am nächsten Tag weitergehen. Wir waren uns darüber im Klaren, dass wir langsam, aber sicher verhungern würden. Zu lange hatten wir nichts mehr gegessen. Es dämmerte bereits, da hörten wir plötzlich Stimmen. Wir konnten es kaum glauben! Nach all der Zeit – es war unfassbar. Ich dachte: „Das bildest du dir ein wie schon so vieles." Doch es waren wirklich menschliche Stimmen. Sie kamen näher. Und dann traten drei Männer aus dem Wald und blieben erschrocken stehen, als sie uns erblickten, sie zuckten unwillkürlich zurück. Panchito begann langsam, auf Spanisch mit ihnen zu reden. „Wir sind mit der Copa-Airlines-Maschine abgestürzt", sagte er. „Mein Name ist Panchito. Und das sind meine Freunde Ben und Angel." Die drei Männer – es waren Waldarbeiter, kamen langsam näher, sie starrten uns an. „Wir sind gerettet", dachte ich. Anfangs mochte ich kaum glauben, dass dieser Moment, von dem ich so lange geträumt hatte, Wirklichkeit geworden war. Mein Geist arbeitete langsam, und meine Gefühle waren auf eine seltsame Weise verstummt. Ich spürte weder Erleichterung noch Triumph, sondern nur ein sanftes Glimmen von Sicherheit und Frieden. Wie ich mich fühlte, war nicht mit Worten zu beschreiben, also saß ich einfach da und schwieg.

ZEHN

Am nächsten Tag, dem 30. August, wurden wir, die drei Überleben, nach Bogotá geflogen und dort im Hospital Chapinero untersucht. Wir alle wurden noch am selben Tag entlassen und ins Four Seasons Hotel gebracht, dort sahen wir unsere Familien wieder. Ich sah meinen Vater wieder. Im Hotel feierte man freudig unsere Rettung. Die Nachricht von unserem Überleben machte auf der ganzen Welt Schlagzeilen. In der Lobby des Four Seasons und in den umliegenden Straßen wimmelte es rund um die Uhr von Reportern und Fernsehteams, die nur darauf warteten, über jeden unserer Schritte zu berichten. Wir konnten nicht in ein Café gehen, um eine Kleinigkeit zu essen oder uns in aller Ruhe mit unseren Angehörigen unterhalten, ohne dass uns irgendwelche Journalisten Mikrofone unter die Nase hielten und unsere Gesichter von Blitzlichtern geblendet wurden. Am Abend wurde in einem Saal des Hotels zu unseren Ehren ein großes Fest veranstaltet. Dort herrschte eine Atmosphäre der Freude und Dankbarkeit – wir dankten Gott, dass er uns vom Tod gerettet hatte. „Ich habe euch doch gesagt, wir werden es schaffen", sagte Panchito zu mir und dabei hatte er ein Lächeln im Gesicht, das gleiche zuversichtliche Lächeln wie im Regenwald. „Ich habe euch gesagt, dass Gott uns nicht aufgibt." Wir drei hatten einen unglaublichen Albtraum durchlebt, doch jetzt war alles vorbei. Alles war wieder wie früher. Panchito und Angel konnten ihren Familien wieder in die Arme fallen. Meine Welt dagegen war zerstört und die Feier machte für mich nur allzu deutlich, wie viel ich verloren hatte. Nie mehr würde ich meine Mutter oder meine Brüder sehen. Mir war klar, dass mein Vater am Boden zerstört war und ich fragte mich, ob er jemals wieder zu dem Menschen werden würde, der er einmal war. An jenem Abend der Feier begriff ich, was für die anderen ein Triumph war, war für mich der Beginn einer neuen ungewissen Zukunft. Zwei Tage später flog ich mit meinem Vater wieder nach San Juan. Es war für mich nicht leicht, nach alldem, was passiert war, wieder in ein Flugzeug zu steigen. Der Gedanke, noch einmal über den Regenwald zu fliegen, machte mir entsetzliche Angst, aber mit Hilfe eines Beruhigungsmittels, das mir ein kolumbianischer Arzt verschrieben hatte, konnte ich an Bord der Maschine gehen Mit viel Willenskraft und Disziplin schaffte ich es. Mein

Vater fragte nicht viel nach den Dingen, die im Regenwald vorgefallen waren. Ich spürte, dass er noch nicht ganz in der Lage war, alle Einzelheiten zu hören. Ich wollte von meinem Vater wissen, wie sein Leben nach der Abreise verlaufen war. Er war zum Zeitpunkt des Attentats um 16:00 Uhr auf dem Weg in sein Büro gewesen. Irgendetwas ließ ihn jedoch innehalten. Der Eingang zu dem Gebäude, in dem er arbeitete, war nur ein paar Schritte entfernt, aber er brachte es einfach nicht fertig, weiterzugehen. „Es war wirklich seltsam", sagte mein Vater. „Auf einmal hat die Arbeit mich überhaupt nicht mehr interessiert. Ich bekam Magenschmerzen und wollte nur nach Hause." Es war für meinen Vater sehr ungewöhnlich, seine Arbeit liegenzulassen. Aber an diesem Tag war ihm das Büro egal und er fuhr zu unserem Haus im Stadtteil La Puntilla. Dort machte er sich einen Kaffee und schaltete den Fernseher an, wo gerade in den Nachrichten darüber berichtet wurde, dass eine kolumbianische Copa-Airlines-Maschine im Amazonas vermisst wurde. Da mein Vater nichts von unserer außerplanmäßigen Übernachtung in Caracas wusste, beruhigte er sich mit dem Gedanken, dass wir schon am Nachmittag zuvor in Bogotá gelandet sein mussten. Dennoch war er, während er die Nachrichten schaute, ein wenig beunruhigt. Ungefähr eine Stunde später klopfte

es an der Tür. „Es war Kommissar Reynolds",
erklärte mein Vater – so hieß ein Bekannter, der
als Polizist in San Juan tätig war. „Señor
Norwood, ich möchte, dass sie mitkommen. Ich
fürchte, wir haben schlechte Nachrichten." Der
Kommissar brachte meinen Vater auf das
Polizeirevier, und dort bestätigten sich seine
schlimmsten Befürchtungen – bei dem vermissten
Flugzeug handelte es sich tatsächlich um unseres.
Am nächsten Tag saß mein Vater bereits in einer
Maschine nach Bogotá. Dort sollten
kolumbianische Beamte bei einer Besprechung
erläutern, was sie über den Absturz wussten. Die
Route führte über den Amazonas, und als er in
den Urwald unter sich hinabblickte, lief es ihm
eiskalt über den Rücken bei dem Gedanken, dass
seine Frau und seine Kinder in einer so
erbarmungslosen Gegend abgestürzt sein
könnten.

„In diesem Augenblick habe ich jede Hoffnung
aufgegeben", erzählte er mir. „Ich wusste, dass ich
euch alle nie wiedersehen würde." Die folgenden
Wochen waren für ihn genauso entsetzlich, wie
ich es mir im Amazonas ausgemalt hatte. Er
konnte weder schlafen noch essen. Weder Gebete
noch die Gesellschaft anderer Menschen
verschafften ihm Trost. Andere Eltern gaben die
Hoffnung nicht so schnell auf. Einige Mütter
trafen sich regelmäßig und beteten für uns. Eine

Gruppe von Vätern unter Führung von Angels Vater hatte sogar Suchaktionen in die Wege geleitet und war mit angemieteten Hubschraubern über Gebiete im Regenwald geflogen, in denen die Boeing nach Angaben der Behörden abgestürzt sein könnte. Für meinen Vater war all das reine Zeitverschwendung, trotzdem hatte er diese Aktivitäten finanziell unterstützt.

„Wenn ein Flugzeug im Regenwald abstürzt, ist es für immer weg", sagte er. „Ich wusste, dass wir großes Glück haben mussten, damit der Dschungel auch nur ein winziges Teil des Flugzeugwracks preisgeben würde." Als mein Vater die Hoffnung verlor, fiel er in ein tiefes Loch. Schweigend saß er stundenlang rum oder ging andauernd den Strand auf und ab. Stundenlang, den ganzen Nachmittag und bis in den Abend hinein wanderte er durch die Straßen. Sein Kopf war leer bis auf den Gedanken, dass er in Bewegung bleiben musste, dass er durch einfaches Weitergehen mehr Distanz zu seinem Schmerz gewinnen konnte. In diesem Augenblick wurde ihm klar, dass er in alles in seinem Leben ändern musste. Und als könne er die Schmerzen lindern, indem er sich von allem löste, was ihn mit der Vergangenheit verband, machte mein Vater sich daran, sein Leben auseinanderzunehmen. Er verkaufte seinen geschätzten Mercedes und bot unsere Wohnung in La Puntilla zum Verkauf an und bereitete alles vor, um auch unser Haus in Bayamón zu veräußern. Sogar die Firma, die er während seines ganzen Lebens aufgebaut hatte, wollte er verkaufen. Doch der Freund meines Vaters Javier riet ihm von diesem unbarmherzigen Vorhaben ab.

„Ich wusste nicht mehr, was ich tat", berichtete mein Vater. „In manchen Augenblicken war ich völlig durch den Wind. An diesen Tagen – nachdem das Flugzeug in die Luft gejagt worden war, hatte nichts mehr einen Sinn." Als mein Vater erfuhr, dass man Panchito, Angel und mich im Urwald gefunden hatte, mochte er es zunächst nicht glauben. Am Morgen des 30. August stieg er mit den Angehörigen von Panchito und Angel in eine Maschine nach Bogotá. Stunden später lagen wir uns in den Armen und ich musste ihm zu verstehen geben, dass meine Mutter und Carlos und Luis nicht überlebt hatten. Dass niemand außer meinen beiden Freunden und mir überlebt hatte. Eines Tages, als wir wieder auf Puerto Rico waren, sagte mein Vater zu mir, dass er sicher gewesen war, dass wir alle tot waren, und dass er wusste, er würde sich von diesem Verlust niemals erholen. „Es ist, als wäre mein Haus bis auf die Grundmauern abgebrannt und als hätte ich alles, was ich hatte, verloren. Und jetzt, wo ich dich wiederhabe, ist es so, als hätte ich in der Asche etwas Kostbares gefunden. Ich fühle mich wie neugeboren. Mein Leben kann von vorn beginnen. Ich werde mir von nun an Mühe geben, nicht mehr über das zu trauern, was mir genommen wurde, sondern glücklich und dankbar zu sein über das, was ich zurückbekommen habe." Mir riet er, dasselbe zu tun. „Blick nach vorn, Ben. Du hast eine Zukunft. Du hast ein Leben vor dir."

EPILOG

Seit über zwanzig Jahren treffen sich die
Überlebenden des Flugzeugattentats am 8. Juli
und gedenken des Tages, an dem wir aus dem
Amazonas fernab jeglicher Zivilisation gerettet
wurden. Wir feiern diesen Tag als unseren
Geburtstag, denn wir alle wurden an diesem Tag
neugeboren. Aber es wurde uns nicht nur das
Leben geschenkt. Wir drei kehrten mit einer
neuen Denkweise zurück. Mit größerem Respekt
vor der Kraft des menschlichen Geistes. Und mit
der Ansicht, dass es für uns – für jeden von uns
Menschen ein Wunder ist, am Leben zu sein. Das
Geschenk, das uns der Amazonas mitgab, ist die
Fähigkeit, ganz bewusst zu leben und für jeden
Augenblick dankbar zu sein. Nachdem man uns
gerettet hatte, sprachen die Zeitungen aus aller
Welt vom „Wunder des Amazonas". Für mich
besteht das wahre Wunder darin, dass wir in der
langen Zeit im Schatten des Todes auf höchst
prägende Weise gelernt haben, was es bedeutet,
am Leben zu sein. Das Wissen verbindet uns drei.
Zwar gibt es unter Freunden auch Konflikte und

Missverständnisse und der Lebensweg hat uns aus unserer Heimat Puerto Rico weggeführt, doch dass unsere Bande zerbricht, werden wir niemals zulassen. Noch heute, mehr als zwei Jahrzehnte später, sehe ich in Angel und Panchito meine Brüder. In jenem Augenblick auf der langen Wanderung durch den Dschungel, als wir bereits mehrere Tage unterwegs waren, immer schwächer wurden und kurz davor waren, die Hoffnung aufzugeben, vertraute keiner von uns dreien darauf, dass es noch eine Zukunft gab. Doch es gab sie. Und jetzt, 20 Jahre später, kann ich voller Stolz sagen, dass Angel und Panchito immer noch meine besten Freunde sind. Angel ist heute der Chefarzt einer der angesehensten Kinderkardiologien in London. Die Kinder, die er behandelt, sind schwerkrank und wer Angel kennt, wundert sich nicht darüber, dass er alles daransetzt, ihnen zu helfen. Angel heiratete und lebt mit seiner Frau in London. Ihn zog es weit weg aus seiner Heimat. Früher wollte Angel immer nach Europa. Er und seine Frau haben heute zwei Töchter. Panchito ist heute Manager eines PR-Unternehmens in Culiacán in Mexiko. Panchito ist ein leidenschaftlicher Golfspieler und hat heute seinen eigenen Golfclub. Seine größte Leidenschaft ist jedoch sein Enkelsohn David, das Kind seiner Tochter Laura. Sein ganzes Leben dreht sich um das Baby. Und es macht Spaß, dabei zusehen, welche Freude er daran hat. Panchito hat in seinem Leben definitiv viel durchlitten, doch auch er hat gelernt, das Glück zu finden. Na ja und ich, ich habe durch das Attentat vieles gelernt. Ich genoss die Freundschaften, die daraus entstanden waren und ehrte immer das Andenken an die Toten. Es fiel mir damals schwer, mit dem Tod meiner Mutter und meiner Brüder klarzukommen. Doch ich bezog viel Kraft aus meinem Glauben und aus der Liebe meiner drei Kinder, die ich mit meiner Frau habe. Ich könnte unsere Erlebnisse allerdings nie verherrlichen und ganz sicher hatte ich kein Bedürfnis, in den düsteren Erinnerungen zu graben und ein Buch zu schreiben. Dennoch habe ich mich nach all den Jahren dazu entschlossen, diesen Bericht gemeinsam mit Dean zu verfassen. Heute bin ich verblüfft, dass ich früher nie über den Flugzeuganschlag reden wollte, denn mittlerweile ist es zu meiner Leidenschaft geworden, meine Geschichte möglichst vielen Menschen mitzuteilen. Ich will damit nicht sagen, dass ich die Vergangenheit geleugnet hätte. Ich wollte nur verhindern, dass Trauer und Leid meine Zukunft prägen. Ich hatte immer geglaubt, meine Geschichte sei so entsetzlich, dass nur die, die dabei gewesen waren, diese Erlebnisse wirklich verstehen würden. Doch ich habe mich geirrt.

Jeder erlebt Trauer, Verlassenheitsgefühle und verheerende Verluste. Und jeder muss früher oder später dem unausweichlich näherkommenden Tod ins Gesicht sehen. Jede Sekunde meines Lebens ist ein Geschenk. Nach dieser Devise lebe ich seither. Ich kann nur jedem ans Herz legen, es genauso zu tun. Sein Dasein zu genießen, jeden Augenblick zu leben und keinen Atemzug zu verschwenden.

DANKE

Der Autor (das bin dann wohl ich) möchte sich bei jedem Bedanken, der bei diesem Buch mitgewirkt hat.